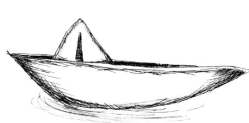

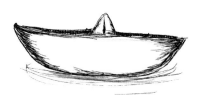

心灵成长绘本编辑委员会（以姓氏笔画为序）

王　慧　王　捷　王爱军　陆　弦　柳亦胜　贾立群　袁　彬

每当你回来的时候

[德]克里斯蒂娜·安德烈斯　文/图

潘斯斯　译　　高淛梅　审校

上海教育出版社
SHANGHAI EDUCATIONAL
PUBLISHING HOUSE

每当你回来的时候

MEIDANG NI HUILAI DE SHIHOU

Immer, wenn du wieder kommst

© Kristina Andres: Immer, wenn du wieder kommst. Hinstorff Verlag GmbH, Germany/Rostock, 2012
Chinese simplified translation copyright©2016 by Shanghai Educational Publishing House
ALL RIGHTS RESERVED

本书中文简体字翻译版由上海教育出版社出版
版权所有，盗版必究

上海市版权局著作权合同登记号 图字09-2015-1151号

图书在版编目(CIP)数据

每当你回来的时候 / (德) 克里斯蒂娜·安德烈斯(Kristina Andres) 文 / 图；潘斯斯译.
— 上海：上海教育出版社, 2016.8
（星星草绘本·心灵成长绘本）
ISBN 978-7-5444-7059-9

Ⅰ. ①每… Ⅱ. ①克… ②潘… Ⅲ. ①儿童文学 – 图画故事 – 德国 – 现代 Ⅳ. ①I516.85

中国版本图书馆CIP数据核字(2016)第170754号

心灵成长绘本
每当你回来的时候

作　　者	[德] 克里斯蒂娜·安德烈斯 / 文 / 图	邮　　编	200031
译　　者	潘斯斯	发　　行	上海世纪出版股份有限公司发行中心
策　　划	心灵成长绘本编辑委员会	印　　刷	上海中华商务联合印刷有限公司
责任编辑	李　莉	开　　本	889×1194 1/16
助理编辑	钦一敏	印　　张	2.5
美术编辑	金一哲	版　　次	2016年8月第1版
出版发行	上海世纪出版股份有限公司	印　　次	2016年8月第1次印刷
	上 海 教 育 出 版 社	书　　号	ISBN 978-7-5444-7059-9 / I·0071
	易文网 www.ewen.co	定　　价	30.00元
地　　址	上海市永福路123号		

如发现图书印装质量问题，请与印刷厂联系调换 / 版权所有，翻版必究 / 未经允许，不得转载

水手没有顺风耳会怎么样……

啊嗬！我要向我的曾曾曾祖父费迪南德·冯·瓦兰格尔问好！他是一个自由水手，而且费迪南德这个名字也是从他那儿来的。我也要向他那络腮胡子问好！向家人和朋友们致以水手的问候——你们对我来说是多么重要！

谢谢马提亚斯，谢谢你这些年来始终如一的忠诚，帮我处理那些烦人的账务。还有托马斯，你真是个无可挑剔的人。

奇人和龙的小子们，我爱你们。

我还要感谢米歇尔，陪我在暴风雨中用几千封信一起搭屋顶。

　　从前有一个男孩儿，名叫费迪南德。他十分喜欢折纸船，他把折好的纸船放到大海上，让它们漂向远处，甚至更远的地方。

有一天，在一场猛烈的暴风雨中，海上漂来一只纸船。船上躺着一只蓝色的小鸟，它的翅膀受伤了。

费迪南德把小鸟带回自己的小木屋，给它包扎伤口。他喂小鸟蚯蚓、坚果、鹰嘴豆和蓝莓汁，甚至还喂它布丁、黄油面包和蛋糕。

小鸟留在了费迪南德身边，给他唱蓝色的小曲。他们一起制作美丽的梦房子，把它们挂在空中。

　　这是费迪南德过得最美好的一个夏天。

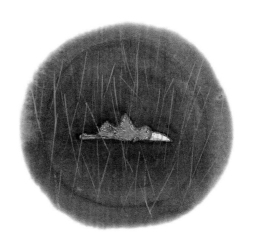

　　秋天到了，小鸟不再唱歌了。为了练习起飞和落地，它不停地从屋顶上跳下。

　　它向费迪南德解释说："我要离开了，我不能在冰雪中生活。"

　　在一个没有星星的夜晚，小鸟飞走了。

费迪南德开始肚子疼。他用纸折了一顶帽子。因为伤心，他的身体变得又矮又小。他就这样蜷缩在帽子下躲了起来。

　　很快，帽子被冰雪覆盖了。

春天来了，风中又飘来蓝色的小曲。

费迪南德从帽子里钻出来。他把帽子重新折成纸船，放入大海中。

纸船随着海浪漂了很远很远，直到船里进水，船开始往下沉。

这时，忽然有人抓住费迪南德的耳朵。

"你到海当中来干嘛？"小鸟喊道。

"我怕你找不到我。"费迪南德说。

"就算你在世界的尽头，我也能找到你！"

"就算你在世界的尽头，我也能听见你的声音！"费迪南德笑了。

小鸟带着费迪南德飞回了家。

回到小木屋，费迪南德喂小鸟蚯蚓、坚果、鹰嘴豆和蓝莓汁，还有布丁、黄油面包和蛋糕。

小鸟为他献上蓝色的小曲。

"每当我回来的时侯，我都会为你唱歌。"小鸟许诺说。

忽然，费迪南德的右腿开始变长了。

"每当你回来的时候，我都会喂你好吃的。"费迪南德也许诺道。

这时，费迪南德的左腿也开始变长了。

一周以后，费迪南德变得和从前一样高了，甚至还更高了些。

秋天又来了，小鸟又要离开了。

它小声地问费迪南德："你现在要做什么呢？"

"也许我又会肚子疼，然后因为伤心变得很小很小。也许不会这样。"

"我会找到你的，我保证。"小鸟说。

"我也会听见你的声音的，我保证。"费迪南德跟着说。

小鸟飞走了，费迪南德注视着它的身影，直到它变成地平线上的一个小点。

他在岸上站了很久，一会儿看着自己的脚，一会儿抬头看着大海，一会儿再看着自己的脚，一会儿又抬头看着大海……

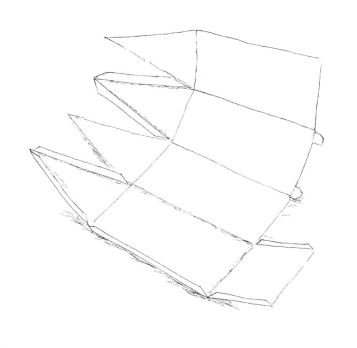

手工制作指导

手工页上画着两座房子：一座是彩色的，另外一座房子，你可以在剪贴前给它涂上颜色。

1. 将手工页上的房子剪下来。

2. 沿着房门右侧和上方的线条剪开。再沿着左侧的线条将房门向外折。

3. 将所有的边缘与粘合面向内折，就可以大致看出房子折好后的效果了。

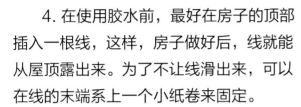

4. 在使用胶水前，最好在房子的顶部插入一根线，这样，房子做好后，线就能从屋顶露出来。为了不让线滑出来，可以在线的末端系上一个小纸卷来固定。

5. 现在可以使用胶棒粘贴了。从屋顶开始粘，然后再粘墙壁，最后粘合地板部分。

6. 在线的末端系一个搭环，这样就可以把小房子挂起来了。

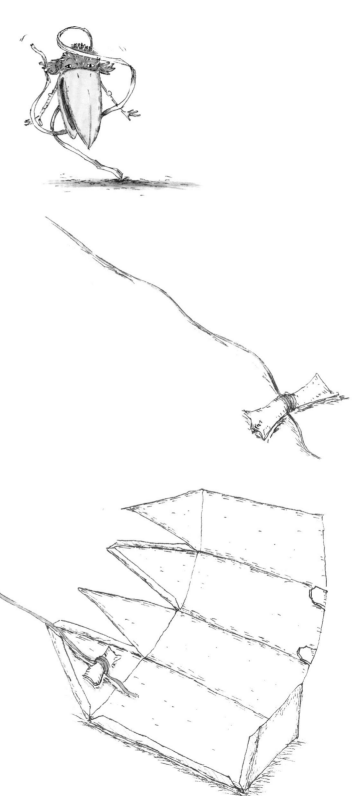

克里斯蒂娜·安德烈斯（Kristina Andres）

出生在海边，曾在汉堡造型艺术学院学习艺术专业，现在和家人生活在梅克伦堡。她的家就在森林边的一片草地上。2004年，她开始从事自己一直以来都想做的工作：为童书创作插画。她获得了很多奖项，比如由德意志广播电台和德国《焦点周刊》颁发的"最佳7人奖"，作品入选德国慕尼黑国际青少年图书馆"白乌鸦书目"；此外，她的作品还入选参加了布拉迪斯拉发国际插画双年展。迄今为止，她已出版了十多本书——不仅在德国，还在西班牙、瑞士、芬兰、法国、意大利、奥地利、中国、西班牙、韩国、美国、英国、澳大利亚、新西兰、加拿大和葡萄牙出版发行。《每当你回来的时候》是她在梅克伦堡出版的第一本书。

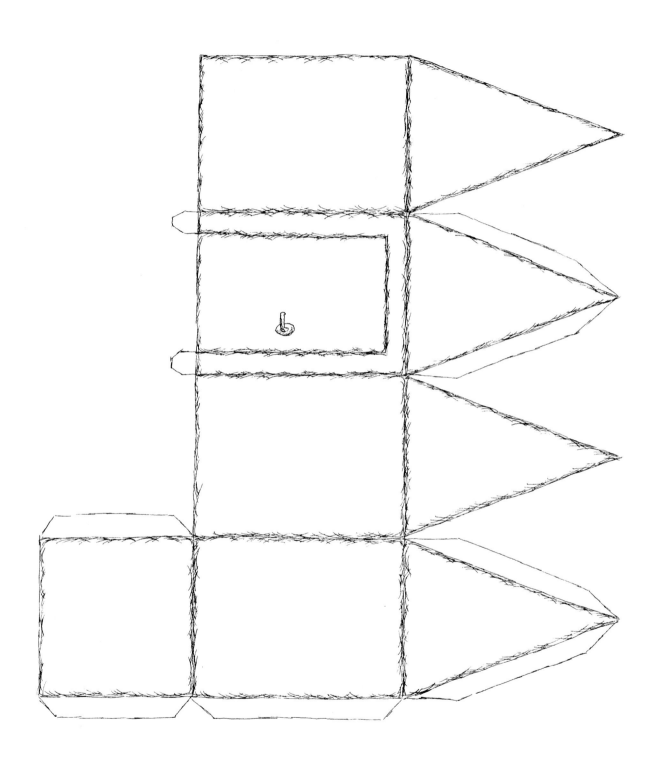

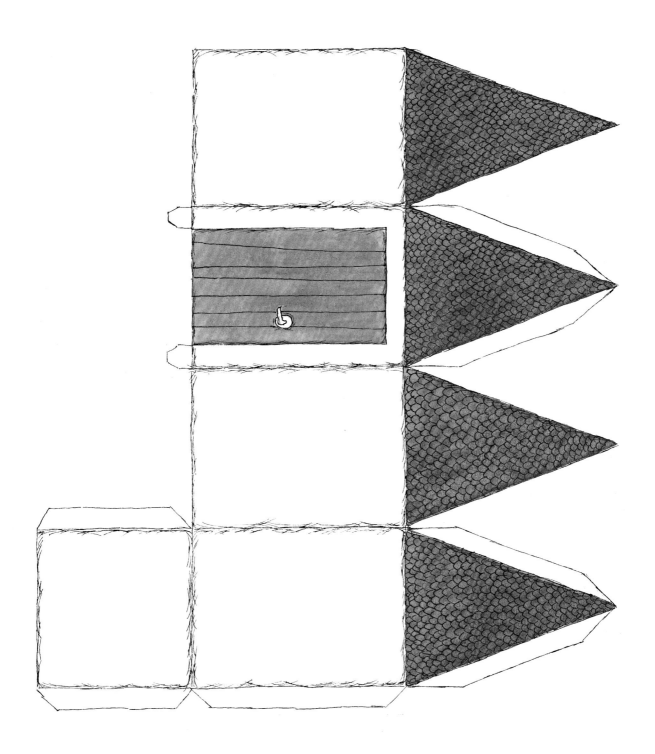